歌集

春の質量

河合育子

短歌研究社

春の質量　目次

春の質量

装幀　next door design
東海林かつこ

いのちの起源

雨音の間のしづけさの深くなり耳に一輪つゆくさが咲く

この星のいのちの起源学びたる理科室ひそと湿りてをりき

ほそく降るあしたの雨へあぢさゐは青すみとほる窓を開《あ》けたり

しろがねの雨降りやまず縫ひ針の小さきひかりなまめくごとし

針山へ針もどすわがゆびさきへ闇のひとしづくおもく降《お》り来る

めだか

しづかなる朝の土俵をおもひつつしつかりと拭く職場の机

眠たさはまぶたの上にあたたかく重たく載り来《く》小鳩のごとく

梅雨明けの暑さ果てなし街ぢゅうのカンナの花の舌がひらめく

天上の蒸籠《せいろ》の蓋《ふた》がひらくごと名古屋の夏がまた始まりぬ

水面をすべるひかりの直線はめだかとなりてすれ違ひたり

めだかの子いつしか増ゆる水甕へ流星群のひかりひしめく

全体重かけつつ南瓜切りしのち南瓜ひとつぶん息を吐きたり

宇宙よりこゑ聴くごとし蜘蛛の子は糸きらきらと朝空へとぶ

銀河飛ぶ最後のシャトル・アトランティス消えてまばゆき七月のそら

穂すすき

烏瓜のしろくほどける花の辺に昨夜《よべ》の稲妻いくつもひそむ

寝返りをまた繰り返す熱帯夜ねむりの沼は河馬の気配す

提げらるる水の袋のふくらみより歪み見つむる金魚のまなこ

膨張しつづける夏の草野原からだすらりと飛蝗《ばった》跳ねゆく

かすかなる風へ触角ふるはせて飛蝗くさいろ草よりしづか

芒原風と過ぎ行く人の背はひとりひとりがしろい穂すすき

回しつつ梨剝く刃先くもる夜の霧のとほぞら白鳥わたる

やる気なきイースト菌の言ひ分を聞いてやりたし冬日のけふは

キルト展

さくら散り空ひろくなる春の午後パッチワークのキルト展見る

ひとひらの布はひとつの星のごとパッチワークの銀漢つむぐ

祖母《おほはは》の革の指ぬきおもひいづ古き和布なるキルト見ながら

ほつほつと雨おときこゆ青ふかきあぢさゐ綴るキルトのほとり

キルト展出づれば宵の空あをし縫ひとめられし夕星《ゆふづつ》あふぐ

拝復

拝復と書いてしばらくあふれくる思ひのうみの底にめつむる

やはらかく便箋湿る雨の夜ペン持つゆびは鰭のはかなさ

潜りたる蜂の羽音を収めつつほたるぶくろの花が傾く

汗垂らしこの星ぐつと持ち上げぬ腕立て伏せをくりかへすたび

乱丁の頁の隅にしろき蝶匿ふ辞書へ陽ざし集まる

きみの眼の鹿のまなざし浮かびくる欅の花のにほひたつ夜

きみおもひ帰る風の夜わがうちの牝鹿のまなこくろぐろうるむ

余白

まだ青き蔕《へた》より聞こゆ高枝の柿の実剪りし鋏のひびき

つややかな柿の丸みが映しだすわたしの顔は亡き祖母のかほ

髪切ってしんとしづまる首すぢは深夜の雪の兆し知りたり

新年度の予定ほつほつ決まりゆく職場の窓へ木の芽かがやく

転勤の内示始まりささやきの満つる事務室なんだか暑し

俯いて転勤告ぐる友のこゑしろき夜風が耳ちかく吹く

すこしづつ鳥帰りゆく三月の空はぼんやり余白のしろさ

せきれい

新しき紙のすずしきにほひせり年度始めの帳簿ひらけば

異動せし友の筆跡まだのこる帳簿繰るゆびとどまりやすし

薄ら陽の桜、　さくらの花のなか曇れる鏡ひとつづつある

退職をされし上司の席あらず四月の職場すうすう寒し

せきれいの尾羽がみなも叩くたび長き尾羽はなほながくなる

伊邪那岐と伊邪那美の雲せきれいが揺らすみなものかなたより来る

榛の木が鳴る

体よりはみ出しながら伸びをしてしろき月夜にしんとつながる

ビニールの傘差すしばし羽化ののち羽まだ湿る蜻蛉《せいれい》おもふ

発酵のあひだ賢治の詩歌読む　ちやんがちやがうまこ見さ出はた人

岩手山登山の朝に寄り道し一斤のパン賢治は買ひき

盛岡の横澤パンとつぶやけば賢治の好きな榛《はん》の木が鳴る

石の名もまた草の名も教へつつ風の速足賢治先生

山上の雲ちぎるごと子らへパン分けしハイカラ賢治先生

山上の賢治食みけん食パンと風のサラドとひかりのスウプ

アルパカと呼ばれし賢治パンふくむ口もといかにのどかなりしか

長梅雨の晴れ間の陽ざし香ばしくこんがりと花咲くきんぽうげ

吾亦紅

悩むままわれの見つむる鶏頭のくれなゐ滲む傷跡のごと

漆黒の鴉がつばさ閉づるとき羽音ののこる空暗くなる

空よりもおほきその羽収めたるのちの鴉はちんまりしたり

吾亦紅じいんじいんと紅くなる口内炎の熱こもる午後

ゆくりなく届く訃報よ真夜中の坂道しろく巻き上がりたり

祭壇の白菊つよくにほふたび過ぎし死者みな傍らへ来る

白木蓮

もくれんの白木蓮の花が散り花のおほぞら落ちてくるなり

指の節むずむず痒してつせんが古き節より芽吹く四月は

人波のシャツの背翳る青葉闇ひとりふたりは欅とおもふ

受話器置きふうと息吐くこめかみのあたりぜんまい戻る音する

部屋ぢゅうの耳捻れゆく三度目のサイレン過ぐる会議のさなか

花ちさき 満天星《どうだんつつじ》覗きつつ花よりちさきわたしとなりぬ

すもも食み李のなかのきんいろの驟雨降る道走りぬけたり

たぬきまめ、いたちささげと花ひらく夏の野原はむんと毛深し

かまきりは風の化身とおもふまで気配消しつつ葦の葉のうへ

蔓草がはてなく繁る夏野ゆくひかりするりと蛇へ戻りぬ

うがひ

球根の丸きかがやき抱《いだ》きたる地のゆたかなる腹式呼吸

陽の当たる介護施設のあかるさが伯母のりんくわく淡くあはくす

南天の紅き実のなか寄せ返す子どものころの夏の夕波

ラ行音ひびかせながらうがひせり何度も夜空うらがへしつつ

喉ひらきかららころころころうがひする春がうれしい蛙のわたし

陽をかへす机の木肌《きはだ》あたたかく肘より来たりかそけき春は

年度末せはしくてまたせつなくて雪柳ゆるるわが胸のなか

コンビニの伊右衛門取ればその隙間するする次の伊右衛門が消す

玻璃窓の夜空はうるみ幼な子は顔より大きあくびひとつす

白つつじ

胸ふかく緑滴る木下闇死者わたりゆくしろき道見ゆ

伯父逝きて一年過ぎぬはつなつの青葉風よりする伯父のこゑ

白つつじ今年もひらき少しづつすこしづつ伯父を亡き人にする

斎場の狭庭にありし白つつじ空暗むほど花しろかりき

くろき雲そらを覆ふとき思ひ出づ魚拓のありし亡き伯父の部屋

バードコール

さへづりがひびけばどこかしんとする森はひとつのしづかなる耳

鳴くごとくバードコールを鳴らしつつわたしは鳥のくちばしひらく

さへづりの鳥ののみどの震へありバードコールの音消えし空

青葉風吹く窓近く働く日わたしはけやき並木のひと木

木でありし記憶の森の雨のなか持ち重りする紙ひと束は

かなぶん

プールより帰る子はみな日焼けの子ひりひり紅きカンナ咲く道

夏帽子ひからせ子らの過ぎしのち帽子の陰のしづけさ来たる

かなぶんのみどりのからだ死ののちも真夏の陽ざしかつんと反す

稚鮎棲む水路の話する友の手ぶりよりふる水路の瀬音

里芋の煮物ほつくりほつくりとこころの小道子馬が通る

猫・ことり・理事・じかんわり、しりとりの幼な子ちらりにやりと笑ふ

とんぼ

なめらかな球体となる夏時間幼な子ならびしやぼん玉吹く

滝音のまなか滝見る人の眼にふたつづつ立つしづけき滝は

生きてゐることこそが虹とんぼたち飛び立つせつなみな風起こす

滝越してとんぼの羽のきらきらとときのま滝のひかり消したり

わうごんの時間

秋空はがらんどうなり鳴きをはり鵙がまた鳴くまでのえいゑん

シーソーは空とおしやべりする遊びシーソーの上おほき耳あり

わが父の大きくしやみのひびく朝しろきさざんくわ残らずひらく

落葉する公孫樹のほとりわうごんの時間むかしへむかしへすすむ

すれちがふ人びとのこゑあたたかし冬の木となる並木行くとき

雲のにほひ

錨星さがす指さきゆつくりと星ぼしそして夜空まはせり

死者たちがふいに手を振る茫々とどこかがしろい春の空より

きびたきはこがねいろなるこゑ零し話のつづきしばし止めたり

こゑのよき上司の話聞く耳はふかきみどりの湖水湛ふる

風の瀬と瀞《とろ》ある事務所ふくろより時をりひかるゼムクリップは

ブラインド下ろして春の雲見えずしろき書類は雲のにほひす

拭けどなほ鏡の曇るこの春は友が職場を辞めてゆく春

いちれつの黄色の帽子すれちがひ連翹の黄がにぎやかになる

蝙蝠

パスカリは復活祭のしろい薔薇花の中より鐘鳴りいづる

日盛りの天地とろりと蜜のいろ蜂が飛びかふ薔薇園の道

ひなあられ、カステラの名の薔薇へ降るひかりのきんの粉砂糖ふる

梅雨の星またたく夜空ふみはづし窓へ胡麻斑天牛《ごまだらかみきり》来たり

傘差せる人の傍ら傘差さぬどくだみの花すつきりしろし

うす紅く熟れて落ちたる梅の実は雲のむかうの夕映えのいろ

果実もぐ感触すこし部屋干しの小物干しから靴下外す

演説の「わが国」の声割れながらひびきどこかがひび割れる空

ミキサー車ぐるぐると去り殻のうづ回しさうなるかたつむり来る

蝙蝠《かうもり》の飛膜が透かすゆふぞらの産毛うつすら脈打つごとし

小蟹

小走りの小蟹追ふときどこまでも小走りに逃げゆく夏の波

横へ横へ小蟹逃げつつ砂浜の天地ひらたく引きのばしたり

黒日傘くるくる畳みまだ暑さ残るまひるの空丸めたり

対峙して殺気ありたりぬばたまのくろごきぶりは侍のかほ

自販機へ銀貨すずしく落とす友とほぞらの星ちりんと増やす

長茄子

茄子ゆらす風もあぜ道行く父もひなたの土のよきにほひする

ながいですす長茄子ですすと茄子下がりたるみつつ吹く畑の風は

頑固なる父の小さき畑にて肌つややかな長茄子そだつ

長茄子はなるほど長きなすびなり音たてて剪るながき影ごと

わが父は短気なれどもわが父のつくる長茄子のん気さうなる

また実りなほ実りゆく長茄子が喜ばす父は七十七歳

少年のころの貧しさ語らざる父の背中へ夕陽あつまる

あん馬

鉄棒の大回転はまだつづく地球の自転加速させつつ

名古屋ドームの丸き壁ありつり輪にて選手の反らす体のうしろ

手のひらと音をあん馬に貼りながら手首やはらかく選手は回る

あまたなる手のひらの熱まだあらんあん馬へしろく月の差すころ

遠吠え

冬の月ほそき笙の音《ね》ふりこぼす事務所の灯りすべて消すとき

挨拶を交《か》はして帰る道すがらわたしのなかへひろがるよぞら

ローソンの前にてだれか待つ犬は縄文のむかしより待つかほす

星空は大いなる洞縄文の人と犬との暮らしおもへば

遠吠えのこゑあたたかし木枯らしの夜道を犬のわたしがあゆむ

木枯らしをいきなり遠く吹き飛ばしくしゃみひびけり冬の街角

春待つ丘は

浅くなりまた深くなる冬眠の呼吸してをり春待つ丘は

マフラーをゆるめて歩む三月のわれはほどける欅の冬芽

めぐりくる人事異動の日のそらは白木蓮の風の十字路

かつて皆みどりごなりし人の群れ唱和するなり事務所のあした

親のこと子のこと悩む友のこゑ散るもくれんの花びらとなる

木蓮のはなびらすべて散りゆけど花のしろさの春空のこる

新年度始まるあした走りつつわが靴の音追ひ越すわたし

白抜きのスギ薬局の〈くすり〉の字過ぎて出勤列車加速す

太極拳

自慢なる尻尾の縞をきゆつと締めとかげ一匹あさやけあふぐ

縞しるきとかげがその尾ゆらすたびゆるくかよへり縞なす風は

白玉のほどよき柔さ知りたしと厨の窓の雲つまみたり

人肌の白玉の生地ひとつづつ湯へ落としゆく山姥われは

太極拳しながら母は朝の空はみだすほどの〈ゆ〉の字書きたり

約束を待つあたたかさ夜空より春の大三角が見下ろす

ざぶんと青し

葉裏なるちさき毛虫の影ゆれてちくちくひかる葉桜の空

さみどりの毛虫の毛なみ雲の波ととのへながら青葉風吹く

曇り日の複写機ひらき詰まりたる雲のひとひらつまみ出したり

陽のそそぐ窓の席にて電卓を打つ指さきはそよげる青葉

轢かれたる缶と平たき月かげはほそき音立て夜風となりぬ

もうながく療養つづく同僚の机あたためゆけり夕陽は

かさかさとまたからからと鳴る音を耳に溜めつつ種えらびをり

アイロンの手元すらりとすべりたる燕、つばめの影伸ばしたり

友の子が友のこゑにてわれを呼ぶいつかの夏の草の中より

何枚のシーツ干せどもなほひろき朝の夏空ざぶんと青し

遠景の校舎の窓がひかるたび子どもらのこゑたかくひびけり

椎の実

校庭のあなたとマイムマイムの輪回りつづける秋がまたくる

紺瑠璃の夕やみうるみゆく秋はだれにともなく手紙書きたし

椎の実の落つる音する図書室の垣根を風の白ぎつね過ぐ

椎の木の下へころがる椎の実よ転がることが木の実のしごと

息遣ひ消しつつ書庫へ来る司書は森の木こりのまなざししたり

あけび

冷ゆるあさ鋏くもらせ残り実の長茄子剪りぬしやきりと剪りぬ

しんがりの長茄子もいで父のためふんはりかりり揚げ茄子つくる

揚げ茄子の衣こんがり香ばしく夏の畑の陽ざしの味す

むらさきの夜がかたんと深くなるあけびの果実熟るる晩秋《おそあき》

あまき実のあけびの黒き種のこりわれに濡れたるくちばし残る

漂　鳥

冬空をあふるる四十雀あまた林のしろき陽ざしとあそぶ

枝先のさへづりひびきわが耳はながく伸びゆくその枝先へ

鳥のこゑ耳へ収めて歳末の職場へ戻るさざんくわの道

突然の異動の内示聞くわれの耳よりしゆつとなにか飛び立つ

鳥過ぎて空のひろさとあかるさがゆつくり下りてくる昼下がり

漂鳥の声するごとし引継ぎののちあふぎみるあかるき窓へ

春おこし咲く

名を呼べばとほき春より陽が差せりむらさきはなな、しろいぬなづな

忘れもの取りもどしたるおもひなり風のなかなる菜の花見れば

福島の地より来たりし春おこしひとつふたつとしろく花咲く

みちのくの雪解けのころひらく花春おこし咲くわたしの庭に

震災の傷あと残るみちのくの春の約束春おこし咲く

虎杖

「それを採れ、これはこの次」亡き祖父のよろこぶ声す虎杖《いたどり》の野は

手折るたび音立てながらこの春の、いつかの春の虎杖を折る

虎杖のがらんどうなる茎すずし祖父の詩吟がひびきくるごと

栗ぼうろ愛せし祖父の分厚き手虎杖煮つつおもふ朧夜

亡き人がめぐりへ降《お》りてくるころは木の花草の花ひらく春

カヌー

見ぬふりのかるがもたちに見守られカヌーとあそぶ夏のみづうみ

髭づらのカヌーイストの笑ふこゑ湖面へこだましながら弾む

ヘルメット、ライフジャケット着けたなら湖ゆらし乗らんカヌーへ

みづうみの小波さざなみ河骨の花のきんいろ波間へほどく

カヌーとは水面すべる水すまし櫂にてめくるみどりの湖面

友とわれ一つづつ乗るカヌーにて一人ひとつの水上《すいじやう》すすむ

かもしかの農業被害聴くわれのこころかさりとゆらすかもしか

小鷺まだ小魚取れぬままなれど櫂はそろそろわが手になじむ

啄木の空

厚揚げが甘き煮汁をふくむころ夜の雨音おもたくなりぬ

身じろがずみなも見つむるかはせみのコバルトブルーぎゆつと濃くなる

その獲物また逃したるかはせみはまなこ小さくまばたきしたり

購買のコロッケパンの小雲とぶ友と高校時代たどる日

ベランダのはまなすの実が紅くなる啄木の歌読みかへす秋

はまなすを浜薔薇《はまなす》と書く啄木のロマンチシズム夜風が潤む
函館の浜の秋ぞら高からんひろきひたひの啄木の空

森のふくろふ

はじめての街をいつしかなつかしき街へ変へつつあなたと歩く

公孫樹降るいちにち金のまばたきのあなたもわれも森のふくろふ

目前《まさか》なる古木《こぼく》巨木のこゑはるか呼吸をふかく保ちつつ聴く

公園は枯葉のにほひ秋の陽とコーヒー分けて飲みたりふたり

白犬走る

日付印すべて蔵《しま》はれひつそりと今年の日にち止まる事務室

一年め三十年め重ねつつ仕事納めの挨拶交《か》はす

星ゆらし響くあいさつ本年の仕事納まり吐く息しろし

ひろくなる仕事納めののちの街のら猫が伸びちぢみ跳ねゆく

人肌の餅の温みとその重みじんわり沈みやがて息づく

丸めんとすれども伸びたがる餅の気もちなだむる母の手わが手

餅丸めたちまち餅となる指をゆつくりと餅より取り戻す

笑ふとき声ことに似る母とわれ笑へば厨あかるむごとし

冬の野へ白犬走る数へ日の本年、去年振り切る速さ

白犬の去りたるのちの歳晩の冬野はるけし降りやまぬ星

天道虫

春を待つ二月の雲は無数なるすみれの花のむらさき隠す

露ほどの重みる・る・ると指先へおほぞらへ天道虫のぼる

反射する天道虫の背の丸みつるりとひかり天日ふたつ

引越しの車の多き春の日の雲はひゆんひゆん人ら追ひ越す

彼方まで転がりゆかんかたばみの爆ぜとぶ種は爆ぜとぶ音は

オムレツ

鳴き交《か》はす椋鳥の群れ増えながらじりじり茜空せまくする

喪服着てのつぺらぼうがすれ違ふ寒きこの世の斎場の隅

骨壺のくらやみへ伯母の骨納めゆふやみの雨胸ふかく降る

うつろなる寒き現し身通りぬけ木枯らし吹けり斎場ゆけば

在りし日の伯母のオムレツなつかしく摘むたんぽぽの色たまごいろ

モネ展

ひとり来る美術展良しみづからの歩幅ひつたりまもりつつ観る

モネの絵のなかの婦人の気だるさの婦人がもぎるモネ展の札

降りやまぬ雨の真下の噴水は真水のにほひ空《くう》へ投げたり

シェフコート

ふとき腕むくむく太くパン生地を練るひとり見ゆひろき窓より

パン生地を遊ばせながら練る人といつかみづからあそぶパン生地

シェフコートこがねいろなり夕光《ゆふかげ》はパン捄ふる手もと照らせり

原爆忌

炎熱の夏来たるらし蟬声の溶かしバターは焦がしバターへ

せつなさの小函がひらくにつぽんの盛夏八月蟬声ひびく

蟬の穴あるいは無数なる眼窩みな空を見るけふ原爆忌

消火器の赤ぎらりとす飛翔体発射のニュース聞く朝の駅

マラソンランナー

ランナーは給水しつつ走り去りしろさるすべりしぶきのしろさ

追ひ越されランナーの吐く息荒しおそろしきまで大空青む

のぼり坂をひとりひとりが手繰るごと前傾し走るマラソンランナー

日盛りの蛇口ぎんいろ低く飛ぶ蜂の羽音がぎろり貼りつく

北空の星

二〇一八年九月六日　北海道胆振東部地震発生

一報は「泊《とまり》原発無事」なれど無事のはずなしのちの一切

絡み合ふ野いばら、葛《かづら》、弓なりの日本列島断層ばかり

北海道地方全域停電し軋む音せり北空の星

被災地のニュースのひとつ牛飼ひの後ろの牛のうるむ眼映す

彼岸花反りつつ空を削ぐごとしにつぽん各地被災地の秋

秋のポケット

髪すこし短くしたりほそく鳴く初秋の蟬のこゑはみづいろ

壁しろきオフィスがひろくなるやうなあきかぜ寄こす欅並木は

くうくうと声ひくく鳴く鳩の群れ胸ポケットへゆふぐれが来る

とうになき珈琲店があたたかく灯る気がする秋のポケット

身の冷ゆる長雨幾夜この世からことんとゐなくなる蟬いくつ

かたちよき栗は褒められ甘くなり褒めつつ母はきんとん作る

ゆゑあらず心もとなき秋の日のわが胸のうちゆるむねぢあり

ひと葉づつかたち異なるゆりのきのひと葉ごとある秋の風おと

ぼんぼこ屋

吉野家はあれど卵屋もうあらぬふるさとめぐる二人の友と

よみがへる藺草《ゐぐさ》のにほひスピッツのゐし畳屋の跡過ぐるとき

八百光《やほみつ》の手書きの値札怖かりき〈キャ別〉〈人肉〉右上がりの字

ひさかたのヒカリヤさんは金物屋やかんも鍋もてらてらなりき

子ら呼びきぼんぼこ屋とは学校の脇の小暗き文房具店

コーギー

如何せん胴のながすぎるコーギーは難儀やなあと石段下りる

胴ながき犬の歩みへ犬の脚追ひつきさうなまま追ひつかず

洋梨のお尻押したりさすつたり時のたゆたひ聴く指の腹

開けたての焼き海苔よろし上顎のあたりはりはり朝風が鳴る

椋鳥はくちばし濡らし啄みぬ枝の柿の実、柿の実、夕陽

駅員は腕の骨格うつくしく列車次々発車させたり

わつしよい

わつしよいの弾むリズムは歳晩の魚屋からのらつしやいの声

寒鰤はぎよろりイクラはきらきらす威勢よき魚屋の店さき

よき声の魚屋よろし場の熱気活気空気が生きものとなる

豆を煮る母が笑へば黒豆もわたしも笑ふ大歳の夜

大みそか母と厨に立つわれを子どものころのわれが見上ぐる

春の質量

新しき歯ブラシ下ろししづかなる祝福とする春めくあした

天上の春の質量いかほどかひかり引つ張りひきがへる跳ぶ

もう春とものおもひするその隙にみかんがみんな饐《す》ゆる三月

陽のにほふデュラム・セモリナひよこいろ手打ちパスタの生地へ捏ねゆく

ビートルズ、ビーチボーイズ歌声とともに麺生地うきうきと伸ぶ

手打ちなるもちもちパスタ食むゆふべ天の望月こむぎいろなる

とび工

四本の柱建てんととび工《く》たち直方体の高空あふぐ

高層の女とび工へまなざしの拍手を送る地上のわたし

高処《たかど》なる親指ほどのとび工たちぐんぐんビルの鉄骨建てる

足場よりとんとんとび工下りるとき影はおどろきをれど遅れず

藁運ぶ巣作り中の雀とぶ建設中のビル過ぎながら

足裏の浮力花びらほどならんさくらばなちるなかのからすは

えびせんべい

牛乳のパックの口は三角のしろき日時計けふから初夏だ

潮干狩り帰りの大きえびせんべい齧《かじ》る速さで夕陽が沈む

跳ね出づるままそのままの海老の眸《まみ》うつくしかなしえびせん食めば

大判のえびせんべいの海老のひげひそひそそよぐ今宵大潮

伸びすぎのモンステラなほ伸びながら書架の白秋全集へ寄る

空間のいろ移ろはせ熟るる桃ひとつひとつが持つ桃時間

遠来の珈琲豆を挽くひびきえるさるばどるさんさるばどる

芋虫の時はいくらか進みがち緑の葉さき食み食みいそぐ

ひとまはり日々太りゆく芋虫のふたまはりほど丸き糞《ふん》降る

白鷺の今し去りたる池の面《も》は昏れずしらじらゆふもやのなか

アジフライ

大輪のたいさんぼくへ雲ひかるなるほど雲の仲間なる花

出勤の道より鳴ける雨蛙るろろトコロニヨリ雨りろろ

指先に指サックして書類繰るユビサキカエルモドキ一匹

数へつつ次々書類めくるたびをりをり指の先まばたきす

B定食のフライのにほひ踊り場へのぼりくるなり濃きこがねいろ

香ばしき衣さくさくアジフライ三角形の角《かど》からかじる

蹴伸びからやはらかく浮上しゆく身はしづかなる舟ひと葉の柳

素顔なる水泳帽の女たち顔を薄めてすずしく泳ぐ

朱き火柱

厚みある体のかたち保ちつつ壁のワイシャツは亡き君を待つ

掛け置きのコートは呼吸するごとし亡き君の時がとどこほる部屋

従兄逝くともに育ちしとほき日は西瓜のにほひする風の果て

癌の字は総画多くどす黒く塗りつぶしたり祈りも君も

二度と君あらぬ晩夏よ西空の朱き火柱カンナの花は

夏風邪

夏風邪の微熱ある午後ねむりつつ砂地へ潜る巻貝となる

身の奥のらふそく点る風邪の日は夏の陽ざしがとろとろ重し

夏風邪は長らく癒えず夏風邪の仲間仲よく癒えぬ話す

ゆれやすきゼリーとゆらす秋の風運ばれきたり窓近き席

昼三時さやぐポプラのうへの空雲の集会散会となる

木下《こした》とは木《こ》の実の落ちてくるところ心とこころ近づくところ

鏡の迷路

風つよき高層わたりゆく鳥の鼓動きこゆる従兄の忌明け

こまごまと気遣ひなさるお庫裡《くり》さま余るほどなる茶菓子運ばる

亡き人と似るどなたかへ振り返る鏡の迷路法事の帰路は

あたま振りあるく鳩たちあきぞらのかなたの振り子時計がうごく

ドーナツの並ぶミスドは何もかもいつも通りの君亡きこの世

夕暮れの駅前ゆけばもう会へぬ人のこゑにてぽうと鳩鳴く

ハクビシン

雷獣とむかし呼ばれしハクビシン稲妻ひとつひかる鼻すぢ

ケーブルのけもの道どこまでも伸びハクビシン来るどこからも来る

拭けどなほ鼻びしびしの風邪の身はいつか一個の鼻のみとなる

詰まりたる鼻がすうつと通るとき鼻すぢしろきハクビシンわれ

つぐみ

檀《まゆみ》の実ひとつ飲みまたひとつ飲みつぐみが連れてくるよゆふやみ

水撒きのホースのあをき暴れ蛇すつかり巻かれホースのふりす

オカリナの運指ゆつくり浮かびくる穴あきおたま洗へる指へ

しやつくりの鎖つながりくりくりといくつ出るのかいくつでも出る

ひびき合ふ言葉が連れてくる昭和〈べつかふ飴〉と〈月光仮面〉

「勝」の字の肩のあたりを揉みほぐし深呼吸などさせてやりたし

洗濯機

どうしても困る頃合見計らひどうして洗濯機よ壊れゆく

夜風ごとシャツひとひねり手絞りすつひに洗濯機は故障せり

手絞りのシャツ干しをれどなほふくむ湿り重たし星空撓む

うすらひの花

人類の肺は祈りの手のかたちコロナ肺炎の死者十万人超ゆ

ウイルスがヒトを消しゆく寒き春さくらはしろきうすらひの花

さくら散りウイルスは大流行すせかい全体死界のしろさ

病者の手病者のもとへ差し出す手ふりしきるさくらの花となる

押しころす空咳を聞く乗客は見てしまふ見えぬはずのウイルス

咳しつつ〈ぜん息です〉のバッジより小さくちぢむ乗客ひとり

液晶のウイルス画像蠢きぬ感染者数加速する夜

ウイルスはもううんざりのヒトの世の空《くう》をひと蹴りじゃが芋芽吹く

麻婆茄子

蟬声の銀のひびきのただ中のわたしは落下しつづける滝

麻婆茄子炒めんとするガスの火へ丸めて焼《く》べる理不尽いくつ

ピリ辛の湯気の陰なら泣いてよし麻婆茄子の火の味旨し

泣いたあとなんと真水の甘いことひたひたとまた泣きさうになる

風船は〈風の船〉だね風へ向く胸はむすうの風船放つ

牛蛙

さりげなくたけのこ伸びてすぐ伸びてすまして千の青竹そよぐ

篁《たかむら》があちらこちらとあるここら字《あざ》の名の中けものら遊ぶ

ごりごりと魚《うを》の鱗をこそげ取りおもふ〈けもの〉と〈けだもの〉の差を

湿度ある夜は蛙のためのもの牛蛙たち粘度濃く鳴く

牛蛙ながく鳴く夜ゆつくりとゆるむうづまき管、自転軸

蛙呼ぶ蛙のひくきこゑひびき蛙のかほの帰路の人びと

こゑの波ゆがみたゆたひ牛蛙鳴くこの夜の楕円のよぞら

萩ゆれて

萩ゆれて花びら、陽ざし、あきぞらの粒子微粒子ちらちら眩し
鼻濁音きれいなニュース聞きながら剝くじゃがいもは鼻のかたちす

秒針のひと息先へまた先へ急ぐ蟻たちいつも忙し

足取りは〈必要至急〉剛毛のゴーヤの茎へ蟻のぼりくる

離れ住むふたごなるべしふたつの語〈エスカロップ〉と〈ペスタロッチ〉は

秋と知る風のあさあけわたしから手のさき足のさきとほざかる

まなこなき蛭のまつしぐらの速さひたすら進む方が前です

チミケップ小さな湖《うみ》のチミケップコップのみなも渡るさざ波

言ふなればゆふやけの味煮魚のまた肉じゃがの醤油の味は

指冷ゆる秋のゆふぐれ友からの手紙は友の手のあたたかさ

月かげのつめたき秋のつま先へひんやりヒトヨタケの影さす

魚眼

マスクして見る鯉たちはマスクなど全く知らずぐいぐいと来る

鯉たちの魚眼はうるみ麩とわれの麩のみが映るほどの食欲

麩の数と空腹の数釣り合はず鯉たちのそら穴ばかりなる

しほさゐが春めく昼よはためきは白きものほど羽音のひびき

モノクロのシネマの余韻あたたかくモンマルトルの夜の雨ふる

里芋の泥土つよくにほひたつ泥鰌の穴の温む三月

空の波おと

結構な頃ほひですな心地よく脚垂らし来る春のががんぼ

さまざまなさへづり、いいえ内線《ないせん》電話と外線《ぐわいせん》電話三つ鳴り出す事務所

借り物の電卓どこか打ちにくく借り物の指うごかして打つ

新品の縞柄のシャツ着るけふは尻尾しやきつと立てつつ歩く

コロナつて太陽大気だつたつけアンドロメダより遠いあのころ

とめどなく花粉とぶ春かゆき眼よ虻の羽音が熱く泡だつ

ドルフィンがデルフィニウムの名のもとと教はりし日の空の波おと

詰め替へのシャンプー注ぐもどかしさひとしづくづつ辛抱溜まる

もうやめと思へど指はおのづからいきいきつまむ次のそら豆

ほつほつとそら豆食めばほの甘くぽくぽく嚙めば夏が近づく

すもも

ゆふやけのしづくのやうなすももの実水流しつついくつもすすぐ

ひとつづつ臍もつすももすすぐときひそひそ笑ひ堪ふるごとし

母からの小言聞きつつ食むすももきつちりと酸《す》ししんみり甘し
雨音と小言聞きつつこのまんま百年すもも食みたし母と

餃子

餃子とは縁起よきもの留学生劉ちゃん言ひき遠き秋の日

しなやかに指うごかして劉ちゃんは餃子包みきうろこ雲ほど

包むほど餃子はどこか愛ほしくつるんぷるんとシロイルカめく

ちちははと餃子食みつつ話しつつ足の指まであたたまる夜

階段

踊り場へ暮らしの音はのぼりくる父の空咳ふたつほど拭く

階段の隅は埃がすぐ積もりなほ降りつづく時の砂つぶ

をりをりの重たき軽き過ぎゆきののこる階段ひざつきて拭く

こほろぎ

古い土篩《ふる》ふ庭さきひんやりと金木犀のにほひがうごく

ふとわかる力の加減それからは篩《ふるひ》の土が小麦粉となる

篩ふほどほがらかとなる古い土　按配よかよ種播きなつせ

かまきりは枯草のいろ今しがた川原を駈けてゐた風でした

こほろぎがもう鳴いてるね鳴く声のひとつのやうな友のこゑきく

こほろぎは夜風ふるはせヒトリキリヒトリキリリリほそく鳴きたり

図らずも思索が深みゆく秋は靴ひもすこしゆるめてあゆむ

木偏の名すつきりと書く旧友の封書が届く錆あるポスト

かなぶんは跳ね返りつつみどりなる超合金のひびきのこせり

卓

時ながく家族の会話聴く卓はこのごろ軋む人のこゝにて

半世紀脚踏みしめて立つ卓のながき歴史は家族の歴史

古けれど寛ぎふかきこの卓はぎぎと鳴るなり家族が来れば

卓囲むちちははわたし日々老いて家族の残り時間どれほど

小掃除

咲く花の幾百の今かがやかせ紅くつめたくさざんくわ燃ゆる

さざんくわのめぐる事務所の中と外しごと忙し人もめじろも

同僚と分けあふけふのひとたびの夕映えなにか泣きたくなるね

大掃除ならぬ小掃除済ませれば小掃除なりの暮れのくつろぎ

地味なれど実直な君さりげなく煮しめまとめる牛蒡のうまみ

地中より来たる牛蒡はどことなく融通利かぬわが父のやう

歯と歯茎喜ばせたりじつくりと地より溜めたる牛蒡のちから

餅ふたつ重ねたらもう鏡もち上より下がうれしさうなる

この夜は弱気なるころ友からのメールはいつも友の声する

鼓膜、闇、やがてシリウスふるへだすコルトレーンが吹くサックスへ

あたたかな巣穴いろいろ裏起毛美脚レギンスいくつも試す

きゆこきゆことサンふじ磨き証明すりんごとはみなほんたうは星

咀嚼するサンふじ香りかぐはしくうつとりと浮き上がる鼻すぢ

りんご嚙む音はかそけき鈴のおと師走の夜の流星雨待つ

今生のいま重なりぬ流れ星、わたし、春待つ辛夷の花芽

わが母は毛糸編みつつ笑ひつつ笑ひ声までもりもりと編む

間違へてまた編み直しマフラーはなかなか長くならず行く年

いにしへの帝が投げし猿の子はいづこ初日の出の猿投山《さなげやま》

やまなみのなだりなだらか猿投山猿は投げられ人となりしか

箱の中みかんなくなり冷えふかき廊下は冬の銀河へつづく

侵攻止まず

まなざしを残し椿の花落ちぬ兵士のいのちかるくなる春

砲撃の的《まと》によろしき原発と知る震撼の春昼暗し

ウクライナ侵攻つづくさくらばな散る春空はいちまいなれど

戦争は終はらず指の切り傷がどくんと疼くニュース見るたび

ウクライナの戦火のさなか逃げ惑ひ振りほどく指見失ふゆび

ウクライナ避難民が日本に無事到着した

停戦はなほ成らねどもウクライナの人びとが着く春の羽田に

日々まぶたうすくしながら陽の温み待てど今なほ侵攻止まず

あとがき

本歌集は、わたしの第一歌集です。

二〇一一年頃から、二〇二二年まで十一年間の作品の中から、四三八首をほぼ制作順に収めました。

この地球には、愛しい人びと、人類はもちろん、虫や鳥、動植物など、さまざまないのちがあります。そして、わたしも含めてすべてが、懸命に今を生きています。さらに、風や空や星、いのちをとりまくもっと大きな、自然の存在があります。

いのちの今、今を共有することのよろこび。言葉にすると大仰ですが、それがわたしの歌のめざす大きなテーマです。一首一首では、日常を感覚と韻律で歌にできたらと願っています。

タイトルの「春の質量」は、

天上の春の質量いかほどかひかり引っ張りひきがへる跳ぶ

からとりました。

本歌集の選歌は敬愛する小島ゆかりさんにお願いしました。きめ細かなご配慮とアドバイスで寄り添ってくださいました。さらに、身に余るすばらしい帯文と帯裏六首選を添えてくださいました。ありがとうございました。

コスモス短歌会のみなさま、COCOONの会の仲間たち、そして短歌を通じて出会ったすべてのみなさまと巡り会えたことに深く感謝しています。

歌集出版に際しては、短歌研究社のみなさまにたいへんお世話になりました。

すべてのいのちの幸を願って。

二〇二二　六月吉日

河合育子

著者略歴

1965年　愛知県生まれ
2011年　コスモス短歌会入会
2014年　桐の花賞受賞
2015年　O先生賞受賞
　　　　COCOONの会参加

省検
略印

コスモス叢書第一二一五篇

令和四年十月十日　印刷発行

歌集　春《はる》の質量《しつりょう》

定価　本体二三〇〇円（税別）

著者　河《かわ》合《い》育《いく》子《こ》
郵便番号四八〇―一一一四
愛知県長久手市長配一丁目一〇二〇

発行者　國兼秀二

発行所　短歌研究社
郵便番号一一二―〇〇一三
東京都文京区音羽一―一七―一四　音羽YKビル
電話〇三（三九四四）四八二二・四八三三
振替〇〇一九〇―九―二四三七五番

印刷者　KPSプロダクツ
製本者　牧製本

ISBN 978-4-86272-719-0 C0092 ¥2300E